AF494212

1876. 26 Octobre

NOTICE

DE

LIVRES FRANÇAIS

MODERNES

DONT LA VENTE AURA LIEU

Le jeudi 26 octobre 1876, à sept heures et demie du soir

Rue des Bons-Enfants, 28 (maison Silvestre)

SALLE N° 1

Par le ministère de Me MAURICE DELESTRE, commissaire-priseur,
Successeur de Me DELBERGUE-CORMONT
Rue Drouot, 23.

PARIS
ADOLPHE LABITTE
LIBRAIRE DE LA BIBLIOTHÈQUE NATIONALE
4, rue de Lille, 4

1876

CONDITIONS DE LA VENTE.

La vente se fait au comptant.

Les acquéreurs payeront 5 0/0 en sus des enchères, applicables aux frais.

Les réclamations devront être faites dans les vingt-quatre heures de l'adjudication. Passé ce délai, ou une fois sortis de la salle de vente, les ouvrages adjugés ne seront repris pour aucune cause.

Il y aura, *le jour de la vente, de deux à quatre heures, exposition des livres composant la vacation du soir.*

Le libraire chargé de la vente remplira les commissions des personnes qui ne pourraient y assister.

Paris. — Typographie Georges Chamerot, rue des Saints-Pères.

NOTICE

DE

LIVRES FRANÇAIS

MODERNES

---

1. Albert (Paul). Histoire de la littérature romaine. *Paris, Ch. Delagrave*, 1871, 2 vol. in-8, br.

2. Albert (Paul). La Poésie. *Paris, L. Hachette*, 1868, in-8, broché.

3. Alesia. Étude sur la septième campagne de César en Gaule. *Paris, Mich. Lévy fr.*, 1859, in-8, br. carte.

4. Ampère (J.-J.). César, scènes historiques. *Paris, Mich. Lévy fr.*, 1859, in-8, demi-rel. maroq. viol. — Promenade en Amérique, Etats-Unis, Cuba, Mexique. *Paris, Mich. Lévy fr.*, 1855, 2 vol. in-8, br.

5. Ancelot. Emprunts aux salons de Paris, nouvelles. *Paris, Allardin*, 1835, in-8, cart. n. rog. — Six Mois en Russie, lettres écrites à M. X.-B. Saintine en 1826. *Paris*, 1827, in-8, br. — Un Salon de Paris, 1824 à 1864. *Paris, E. Dentu*, 1866, gr. in-8, portrait, demi-rel. mar. citr. photographies. — Georgine. *Paris, Alex. Cadot*, 1856, 2 tomes en 1 vol. in-8, demi-rel. maroq. vert.

6. Anglemont (Édouard d'). Pastels dramatiques. *Paris, Barbré*, 1869, in-8, br.

7. Armandi (P.). Histoire militaire des éléphants depuis les temps les plus reculés jusqu'à l'introduction des armes à feu. *Paris, Amyot*, 1843, gr. in-8, demi-rel. v. bleu.

8. Assailly. Les Chevaliers poëtes de l'Allemagne (Minnesinger), par Octave d'Assailly. *Paris, Didier*, 1862, in-8, broché.

9. Aubé (B.). Saint Justin, philosophe et martyr. *Paris*, 1861, in-8, br.

10. Aubertin (Ch.). Étude critique sur les rapports supposés entre Sénèque et saint Paul. *Paris, Eug. Belin*, 1857, in-8, br.

11. Auger. Discours sur la comédie et la vie de Molière, extraits de l'édition des œuvres de Molière avec commentaires, par M. Auger. *Paris, Firm. Didot*, 1827, in-8, demi-rel. maroq.

12. Bader. (Mlle Clarisse). La Femme grecque, étude de la vie antique. *Paris, Didier*, 1872, 2 vol. in-8, br. — La Femme biblique, sa vie morale et sociale. *Paris, Didier*, 1866, in-8, br.

13. Bacon. Roger Bacon, sa vie, ses ouvrages, ses doctrines, d'après des textes inédits, par Emile Charles. *Bordeaux*, 1861, in-8, demi-rel. chagr. bleu.

14. Bæhr. Geschichte der rœmischen Literatur. *Carlsruhe*, 1832, in-8, demi-rel. v. antiq.

15. Bæhr. Manuel de l'histoire de la littérature romaine, traduit de l'allemand du Dr J.-Chr.-F. Bæhr, par J.-E.-G. Roulez. *Louvain*, 1838, in-8, demi-rel. v. fauve.

16. Baour-Lormian (L.). Le Livre de Job, traduit en vers fançais. *Paris, Lallemand-Lépine*, 1847, gr. in-8, demi-rel. chag. vert.

17. Barbié du Bocage (A.). Dictionnaire géographique de la Bible. *Paris*, 1834, in-8, demi-rel. v. antiq.

18. Baret (Eug.). Les Troubadours et leur influence sur la littérature du midi de l'Europe. *Paris, Didier*, 1866, in-8, broché.

19. Bartholmess. Histoire critique des doctrines religieuses de la philosophie moderne, par Christian Bartholmess. *Paris, Ch. Meyrueis*, 1855, 2 vol. in-8, br.

20. Bénard (Ch.). De la Philosophie dans l'éducation classique. *Paris, Ladrange*, 1862, in-8, br.

21. Berlioux (Et.-Félix). André Brué ou l'Origine de la colonie française du Sénégal. *Paris, Guillaumin*, 1874, gr. in-8, br. carte.

22. Bernard (l'abbé Eug.). Les Ouvrages de saint Jérôme, sa vie, ses œuvres, son influence. *Paris, Ch. Douniol*, 1864, in-8, br.

23. Berthault (A.). J. Saurin et la prédication protestante jusqu'à la fin du règne de Louis XIV. *Paris, J. Bonhoure*, 1875, in-8, br.

24. Bertin (Mlle Louise). Glanes. *Paris, A. René*, in-8, demi-rel. maroq. vert.

25. Bibliographie de la France, ou Journal général de l'imprimerie et de la librairie, années 1818, 1820, 1821, 1822, 1823, 1826, 1827, 1828, 1829 et 1830, ens. 10 vol. gr. in-8, demi-rel.

26. Biographie des grands inventeurs dans les sciences, les arts et l'industrie, par MM. Ch. Beaufrand et G. Desclosières. *Paris, Donnaud*, 1867, in-8, br.

27. Blampignon (l'abbé). Étude sur Malebranche d'après des documents manuscrits, suivie d'une correspondance inédite. *Paris, Ch. Douniol*, 1862, in-8, demi-rel. chagr. vert.

28. Bohème (la) historique, pittoresque et littéraire, par MM. Joseph Iriez et Louis Léger. *Paris, Lacroix*, 1867, in-8, illustré de 21 gravures, demi-rel. maroq. bleu clair.

29. Boileau. Correspondance entre Boileau-Despréaux et Brossette, publiée par Aug. Laverdet, introduction par Jules Janin. *Paris, J. Techener*, 1858, in-8, demi-rel. mar. viol.

30. Boissier (G.). Le Poëte Attius, étude sur la tragédie latine pendant la république. *Paris*, 1857, in-8, br. — Cicéron et ses amis, étude sur la société romaine du temps de César. *Paris, L. Hachette*, 1865, in-8, br.

31. Boissonade (G.). Histoire des droits de l'époux survivant. *Paris, Ern. Thorin*, 1874, in-8, br.

32. Bonneau (Alfr.). Madame de Beauharnais de Miramion, sa vie et ses œuvres charitables, 1629-1696. *Paris, Poussielgue fr.*, 1868, in-8, br. portrait.

33. Bonnechose (Émile de). Histoire de France, continuée jusqu'à la révolution de 1848. *Paris, Firm. Didot*, 1864, 2 vol. in-8, br.

34. Bonnechose (Émile de). Histoire d'Angleterre jusqu'à l'époque de la révolution française avec un résumé chronologique des événements jusqu'à nos jours. *Paris, Didier*, 1858-1859, 4 vol. in-8, br.

35. Bossert (A.). Gœthe, ses précurseurs et ses contemporains. *Paris, L. Hachette*, 1872, in-8, br. — La Littérature allemande au moyen âge et les origines de l'épopée germanique. *Paris, L. Hachette*, 1871, in-8, br. — Gœthe et Schiller. *Paris, L. Hachette*, 1873, in-8, br.

36. Boucher (L.). William Cowper, sa correspondance et ses poésies. *Paris, Sandoz et Fischbacher*, 1874, in-8, br.

37. Bouchitté (H.). Le Rationalisme chrétien à la fin du XIe siècle, ou Monologium et Proslogium de saint Anselme,

archevêque de Cantorbéry, sur l'essence divine. *Paris, Amyot*, 1842, in-8, cart.

38. Brière de Boismont (A.). Du Suicide et de la folie suicide, considérés dans leurs rapports avec la statistique, la médecine et la philosophie. *Paris, Germer-Baillière*, 1856, in-8, br.

39. Broglie (duc de). Vues sur le gouvernement de la France. *Paris, Mich. Lévy fr.*, 1870, in-8, br.

40. Brotonne (F. de). Civilisation primitive, ou Essai de restitution de la période antéhistorique. *Paris, Ch. Warée*, 1845, in-8, br.

41. Byron. Chefs-d'œuvre de lord Byron, la traduction française en regard, par M. le comte d'Hautefeuille. *Paris, Glashin*, 1853, in-8, br.

42. Caffiaux (H.). De l'Oraison funèbre dans la Grèce païenne. *Valenciennes*, 1860, in-8, br.

43. Campaux. François Villon, sa vie et ses œuvres, par Antoine Campaux. *Paris, A. Durand*, 1859, in-8, br.

44. Campenon. L'Enfant prodigue, poëme. *Paris, Delaunay*, 1811, in-8, cart. n. rog.

45. Carlier (Aug.). Histoire du peuple américain, États-Unis, et de ses rapports avec les Indiens depuis la fondation des colonies anglaises jusqu'à la révolution de 1776. *Paris, Mich. Lévy fr.*, 1863, 2 vol. in-8, br. — De l'Esclavage dans ses rapports avec l'Union américaine. *Paris, Mich. Lévy fr.*, 1862, in-8, br.

46. Carné (Louis de). La Monarchie française au XVIIIe siècle, études historiques sur les règnes de Louis XII et de Louis XV. *Paris, Didier*, 1859, in-8, br. — Etude sur l'histoire du gouvernement représentatif en France, de 1789 à 1848. *Paris, Didier*, 1855, 2 vol. in-8, br.

47. Caro (E.). Essai sur la vie et la doctrine de Saint-Martin, le Philosophe inconnu. *Paris, L. Hachette*, 1852, in-8, demi-rel. maroq. viol. — L'Idée de Dieu et ses nouveaux critiques. *Paris, L. Hachette*, 1854, gr. in-8, demi-rel. maroq. fauve.

48. Cauchy (Eug.). Du Duel considéré dans ses origines et dans l'état actuel des mœurs. *Paris, Ch. Hingray*, 1846, 2 vol. in-8, br.

49. Cayx. (Ch.). Histoire de l'Empire romain depuis la bataille d'Actium jusqu'à la chute de l'Empire d'Occident. *Paris, Louis Colas*, 1836, in-8, cart. — Histoire de France

pendant le moyen âge, depuis les temps anciens jusqu'à la mort de Charles VII. *Paris, L. Colas*, 1837, in-8, cart.

50. Chaignet (Ed.). Pythagore et la philosophie pythagoricienne. *Paris, Didier*, 1873, 2 vol. in-8, br. — De la Psychologie de Platon. *Paris, Aug. Durand*, 1862, in-8, br.

51. Chambray (le marquis de). Histoire de l'expédition de Russie. *Paris, Pillet aîné*, 1825, 3 vol. gr. in-8, br. atlas in-8, et 3 vignettes.

52. Charma (A.). Essai sur la philosophie orientale, leçons professées à la faculté des lettres de Caen, publiées par Joachim Ménant. *Paris, L. Hachette*, 1842, in-8, cart.

53. Charpentier (P.). Études morales et historiques sur la littérature romaine depuis son origine jusqu'à nos jours. *Paris, L. Hachette*, 1829, in-8, cart.

54. Chevreul (M.-E.). De la Baguette divinatoire, du pendule dit explorateur et des tables tournantes, au point de vue de l'histoire, de la critique et de la méthode expérimentale. *Paris*, 1854, in-8, demi-rel. chagr. br.

55. Choix de rapports, opinions et discours prononcés à la tribune nationale depuis 1789 jusqu'à ce jour (1815), recueillis dans un ordre chronologique et historique, par M. Lallement (de Metz). *Paris, A. Emery*, 1818-1823, 21 vol. in-8, portraits, cart.

56. Clavel (Victor). Arnauld de Brescia et les Romains du XIIe siècle. *Paris, L. Hachette*, 1868, in-8, br. — De M. T. Cicerone Græcorum interprete. *Paris, L. Hachette*, 1868, in-8, demi-rel. maroq. viol.

57. Cochin (Aug.). L'Abolition de l'esclavage. *Paris, Lecoffre et Guillaumin*, 1861, 2 vol. in-8, br.

58. Cognat (l'abbé J.). Clément d'Alexandrie, sa doctrine et sa polémique. *Paris, E. Dentu*, 1859, in-8, demi-rel. mar. noir.

59. Combes. L'Abbé Suger. Histoire de son ministère et de sa régence, par M. François Combes. *Paris*, 1853, in-8, portrait, demi-rel. maroq. br.

60. Compayre (Gabr.). La Philosophie de David Hume. *Paris, Ern. Thorin*, 1872, in-8, br.

61. Congnet (Henri). Vie de l'abbé Marprez. *Paris, s. d.*, in-8, br. Envoi autographe signé de l'auteur à M. Patin.

62. Correspondance inédite du roi Stanislas-Auguste Poniatowski et de Madame Geoffrin (1764-1777), précédée d'une

étude sur Stanislas-Auguste et Madame Geoffrin, par M. Charles de Mouy. *Paris, E. Plon*, 1873, in-8, br.

63. Couret (Alph.). La Palestine sous les empereurs grecs, 326-636. *Grenoble*, 1869, gr. in-8, br.

64. Courtat. Les Vraies Lettres de Voltaire à l'abbé Moussinot. *Paris, Ad. Lainé*, 1875, in-8, br.

65. Cousin (Victor). Rapport sur l'état de l'instruction publique dans quelques pays de l'Allemagne et particulièrement en Prusse. *Paris, G. Levrault*, 1833, in-8, cart. — Fragments littéraires. *Paris, Didier*, 1843, in-8, demi-rel. v. fauve.

66. Crapelet (G.-G.). Précis historique et littéraire sur Eustache Deschamps, poëte du XIVe siècle. *Paris*, 1832, br. in-8, de 68 pages. — Des Ouvrages inédits de la littérature française du moyen âge, suivi de la description de trois manuscrits de Partonopeus, publié par G.-A. Crapelet. *S. l.*, 1834, br. in-8, de 47 pages.

67. Cratiunesco (Jean). Le Peuple roumain d'après ses chants nationaux, essai de littérature et de morale. *Paris, L. Hachette*, 1874, in-8, br.

68. Damiron (Ph.). Souvenirs de vingt ans d'enseignement à la faculté des lettres de Paris. *Paris, A. Durand*, 1859, in-8, demi-rel. chag. br.

69. Daremberg (Ch.). La Médecine, histoire et doctrines. *Paris, Didier*, 1865, in-12, br.

70. Daru. Adoption, Éducation et Correction des enfants pauvres, abandonnés, orphelins ou vicieux, par le baron Charles Daru et Victor Bournat. *Paris, Victor Goupy*, 1875, in-8, br.

71. De Flaux (A.). Histoire de la Suède pendant la vie et sous le règne de Gustave Ier. *Paris, Firm. Didot fr.*, 1861, in-8, br.

72. De la Barre-Duparcq (Ed.). Histoire militaire des femmes. *Paris*, 1873, in-8, br.

73. Delaunay (Ferd.). Moines et Sibylles dans l'antiquité judéo-grecque. *Paris, Didier*, 1874, in-8, br.

74. Delécluze (J.). Mademoiselle Justine de Liron et le Mécanicien-Roi, nouvelles. *Paris, Ch. Gosselin*, 1832, in-8, cart.

75. Delondre (Adr.). Doctrine philosophique de Bossuet, sur la connaissance de Dieu. *Paris, Aug. Durand*, 1875, in-8, broché.

76. Demarteau (J.). L'Éloquence républicaine de Rome, avec une préface de M. Egger. *Mons*, 1870, gr. in-8, br.

77. Denis (J.). Histoire des théories et des idées morales dans l'antiquité. *Paris, Aug. Durand*, 1856, 2 vol. in-8, broché.

78. Denis (Ferdinand). Chroniques chevaleresques de l'Espagne et du Portugal, suivies du Tisserand de Ségovie, drame du XVIIe siècle. *Paris, Ledoyen*, 1839, 2 vol. in-8, cart.

79. Descuret (F.). La Médecine des passions, ou les Passions considérées dans leurs rapports avec les maladies, les lois et la religion. *Paris, Labé*, 1860, 2 vol. in-8, br.

80. Des Michels. Précis de l'histoire du moyen âge. *Paris, L. Colas*, 1827, in-8, br.

81. Desnoiresterres (G.). Gluck et Piccini, 1772-1800. *Paris, Didier*, 1872, in-8, br.

82. De Suckau (E.). Étude sur Marc-Aurèle, sa vie, sa doctrine. *Paris, A. Durand*, 1857, in-8, demi-rel. mar. noir.

83. Dictionnaire du vieux langage français, enrichi de passages tirés des manuscrits en vers et en prose, des actes publics, des ordonnances de nos rois, etc. *Paris*, 1766, in-8, v. antiq. marbr.

84. Didot (Ambr.-Firm.). Études sur la vie et les travaux de Jean sire de Joinville. *Paris*, 1870, in-8, br. gravures en taille-douce.

85. Didot (A.-F.). Observations sur l'orthographe ou ortografie française. *Paris*, 1868, gr. in-8, br.

86. Discours prononcés dans les chambres législatives, par M. le baron Pasquier, 1814-1836. *Paris, Crapelet*, 1842, 3 fort vol. in-8, br.

87. Drapeyron. L'Empereur Héraclius et l'Empire byzantin au VIIe siècle, par L. Drapeyron. *Paris, Ern. Thorin*, 1869, in-8, br.

88. Dreyss (Ch.). Mémoires de Louis XIV. *Paris, Didier*, 1860, 2 vol. in-8, br.

89. Duclos. Histoire de Royaumont, sa fondation par saint Louis et son influence sur la France, par M. l'abbé H. Duclos. *Paris, Ch. Douniol*, 1867, 2 vol. in-8, br.

90. Dupin. Discours et rapports, discussions orales et opuscules divers. *Paris, Plon*, 1872, in-8, demi-rel. mar. br.

91. Duruy (V.). Histoire de la Grèce ancienne. *Paris, L. Hachette*, 1862, 2 vol. in-8, br.

92. Duvergier de Hauranne. Histoire du gouvernement parlementaire en France, 1814-1848. *Paris, Michel Lévy fr.*, 1867-1872, 10 vol. in-8, br.

93. Erasme, étude sur sa vie et ses ouvrages, par Gaston Feugère. *Paris, L. Hachette*, 1874, in-8, br.

94. Escalier (E.-A.). Remarques sur le patois, suivies d'un vocabulaire latin-français inédit du XIVe siècle. *Douai*, 1856, gr. in-8, br.

95. Eschenauer (A.). La Morale universelle. *Paris, Sandoz et Fischbacher*, 1873, in-8, br.

96. Estienne (J.-A.). Étude morale et littéraire sur les épîtres d'Horace. *Paris, L. Hachette*, 1851, in-8, demi-rel. mar. vert.

97. Favre (Guillaume). Mélanges d'histoire littéraire. *Genève*, 1856, 2 vol. gr. in-8, br.

98. Fabre (A.). De la Correspondance de Fléchier avec Madame Deshoulières et sa fille. *Paris, Didier*, 1871, in-8, broché.

99. Ferraz. De la Psychologie de saint Augustin. *Paris, Durand*, 1862, in-8, br.

100. Feugère (L.). Étienne de la Boétie, étude sur sa vie et ses ouvrages. *Paris, J. Labitte*, 1845, in-8, demi-rel. mar. vert.

101. Feugère (Anatole). Bourdaloue, sa prédication et son temps. *Paris, Didier*, 1874, in-8, br.

102. Fleury (Amédée). Saint Paul et Sénèque, recherches sur les rapports du philosophe avec l'apôtre et sur l'infiltration du christianisme naissant à travers le paganisme. *Paris, Ladrange*, 1853, 2 vol. in-8, br.

103. Floquet (A.). Études sur la vie de Bossuet. *Paris, Firm. Didot fr.*, 1855, 3 vol. in-8, br., portrait.

104. Fourchy (A.). Histoire de l'École polytechnique. *Paris*, 1828, in-8, cart.

105. Froment (Th.). Essai sur l'histoire de l'éloquence judiciaire en France avant le XVIIe siècle. *Paris, Ernest Thorin*, 1874, in-8, br.

106. Fustel de Coulanges. Histoire des institutions politiques de l'ancienne France. *Paris, L. Hachette*, 1875, in-8, br. (tome premier).

107. Gandar. Lettres et Souvenirs d'enseignement d'Eugène Gandar, publiés par sa famille et précédés d'une étude biographique et littéraire par M. Sainte-Beuve. *Paris, Didier*, 1869, 2 vol. in-8, brochés.

108. Garnier (Ad.). Morale sociale, ou Devoirs de l'État et des citoyens en ce qui concerne la propriété, la famille, l'éducation, la liberté, etc. *Paris, L. Hachette*, 1850, in-8, demi-rel. maroq. br.—Précis d'un cours de psychologie. *Paris, L. Hachette*, 1831, in-8, cart. — La Psychologie et la Phrénologie comparées. *Paris, L. Hachette*, 1839, in-8, cart.

109. Gasté (Armand). Étude critique et historique sur Jean le Houx et le Vau-de-Vire à la fin du XVIe siècle. *Paris, Ernest Thorin*, 1874, in-8, br.

110. Gautier (Léon). Les Épopées françaises, étude sur les orgines et l'histoire de la littérature nationale. *Paris, V. Palmé*, 1865-68, 3 vol. gr. in-8, br.

111. Gauthier (J.). Histoire de Marie Stuart. *Paris, A. Lacroix et Verbœkhoven*, 1869, 3 vol. in-8, br.

112. Gay (Mlle Delphine). La Vision. *Paris, Urbain Canel*, br. in-8 de 12 pages.

113. Gazier (A.). Les Dernières Années du cardinal de Retz, 1655-1679. *Paris, Ern. Thorin*, 1875, in-8, br.

114. Gères (J. de). Cinq Dizains de sonnets entrecoupés d'historiettes en vers et autres rimes. *Paris, E. Dentu*, 1875, in-8, br.

115. Germain (A.). Histoire de la commune de Montpellier, depuis son origine jusqu'à son incorporation définitive à la monarchie française. *Montpellier*, 1851, 3 vol. in-8, br.

116. Géruzez. Histoire de la littérature française du moyen âge aux temps modernes. *Paris, J. Delalain*, 1852, in-8, demi-rel. maroq. fauve. — Histoire de l'éloquence politique et religieuse en France, pendant les XIVe, XVe et XVIe siècles. *Paris, L. Hachette*, 1837, in-8, demi-rel. maroq. fauve. — Cours de littérature. *Paris, J. Delalain*, 1841, in-8, cart. —Nouveaux Essais d'histoire littéraire. *Paris, L. Hachette*, 1846, in-8, demi-rel. maroq. vert.

117. Gœthe. Le Faust, traduction en vers par Alex. Laya. *Paris, Sandoz et Fischbacher*, 1873, gr. in-8, br.

118. Godefroy (Fréd.). Histoire de la littérature française depuis le XVIe siècle jusqu'à nos jours. *Paris, Gaume*, 1859, 3 vol. in-8, br.

119. Gréard (Oct.). De la Morale de Plutarque. *Paris, L. Hachette*, 1866, in-8, br.

120. Grégoire (L.). La Ligue en Bretagne. *Paris et Nantes*, 1856, gr. in-8, br.

121. Grucker (Em.). François Hemsterhuis, sa vie et ses œuvres. *Paris, Durand*, 1866, in-8, br.

122. Gaudet (J.). De la Condition des aveugles en France. *Paris*, 1857, in-8, br.

123. Guibal (G.). Le Poëme de la croisade contre les Albigeois, ou l'épopée nationale de la France du Sud au XIIIe siècle, étude historique et littéraire. *Toulouse*, 1863, in-8, br.

124. Guibert. Œuvres dramatiques, publiées par sa veuve. *Paris*, 1822, in-8, cart.

125. De Guerle (Edmond). Milton, sa vie et ses œuvres. *Paris, Michel Lévy fr.*, 1868, in-8, br.

126. Halber (Gustave). Le Bleuet, préface de George Sand. *Paris, Michel Lévy fr., Paris*, 1875, in-8, br.

127. Haussonville (le comte d'). L'Église romaine et le premier empire (1800-1804). *Paris, Michel Lévy fr.*, 1869, 2 vol. in-8, br.

128. Haussonville (le vicomte d'). Les Établissements pénitenciers en France et aux colonies. *Paris, Michel Lévy fr.*, 1875, in-8, br.

129. Hommaire de Hell (X.). Voyage en Turquie et en Perse, exécuté par ordre du gouvernement français pendant les années 1846-47-48. *Paris, Arthur Bertrand*, 1854-60, 4 vol. gr. in-8, br.

130. Hugues (Edmond). Histoire de la restauration du protestantisme au XVIIIe siècle, d'après des documents inédits. *Paris, Michel Lévy*, 1872, 2 vol. in-8, br.

131. Huc. L'Empire chinois. *Paris, Gaume*, 1854, 2 vol. in-8, brochés.

132. Hurel (l'abbé A.). Les Orateurs sacrés à la cour de Louis XIV. *Paris, Didier*, 1872, 2 vol. in-8, br.

133. Irlande. Poésies des bardes, essai sur ses antiquités et sa littérature, par D. O'Sullivan. *Paris, Glashin*, 1853, 2 v. in-8, br.

134. Jacquinet (H.). Des Prédicateurs du XVIIe siècle avant Bossuet. *Paris, Didier*, 1863, in-8, br.

135. Jal (A.). Abraham du Quesne et la marine de son temps. *Paris, H. Plon*, 1873, 2 vol. gr. in-8, br.

136. Jeannel (J.). La Morale de Molière. *Paris, Ern. Thorin*, 1867, in-8, br.

137. Joinville. Credo, fac-simile d'un manuscrit unique, précédé d'une dissertation par Ambroise-Firmin Didot et suivi

d'une traduction en français moderne par le chevalier Artaud de Montor. *Paris*, 1870, in-8, b.

138. Joret (C.). Du C dans les langues romanes. *Paris, Franck*, 1874, gr. in-8, br. — Herder et la renaissance littéraire en Allemagne au XVIIIe siècle. *Paris, L. Hachette*, 1875, gr. in-8, br.

139. Jourdain (Ch.). Rapport sur l'organisation et le progrès de l'instruction publique. *Paris, Imprimerie impériale*, 1867, in-4, br.

140. Jullien (B.). De Quelques Points des sciences dans l'antiquité (physique, métrique, musique). *Paris, L. Hachette*, 1854, in-8, br.— Thèses de littérature. *Paris, L. Hachette*, 1856, in-8, br. — Thèses supplémentaires de métrique et de musique ancienne, de grammaire et de littérature, 1861, in-8, br.—Thèses de grammaire. 1855, in-8, br.— Les Paradoxes littéraires de Lamotte, ou discours écrits par cet académicien sur les principaux genres de poëmes, réunis et annotés par B. Jullien. 1859, in-8, br.

141. Lacretelle (Ch.). Histoire de l'Assemblée législative. *Paris*, 1824, in-8, cart.—Dix Années d'épreuves pendant la Révolution. *Paris, Allouard*, 1842, in-8, cart.

142. Lacroix (L.). Recherches sur la religion des Romains. *Paris, Joubert*, 1846, in-8, demi-rel. maroq. brun.

143. Lacroix (L.). Dix Ans d'enseignement historique à la faculté des lettres de Nancy. *Paris, L. Hachette*, 1865, in-8, broché.

144. Œuvres inédites de J. de la Fontaine, avec diverses pièces en vers et en prose qui lui ont été attribuées, recueillies par Paul Lacroix. *Paris, L. Hachette*, 1865, in-8, broché.

145. Œuvres de la Rochefoucauld, nouvelle édition, publiée par M. D.-L. Gilbert. *Paris, L. Hachette*, 1868. 2 vol. in-8, brochés.

146. Œuvres inédites de la Rochefoucauld, publiées d'après les manuscrits conservés par la famille et précédées de l'histoire de sa vie par Ed. de Barthélemy. *Paris, L. Hachette*, 1863, in-8, br.

147. Œuvres choisies de M. le marquis de la Rochefoucauld-Liancourt. *Paris, typogr. de Morris*, 1860-61, 4 vol. in-8, demi-reliure, v. rouge, plats toile, dent. tr. dor.

148. La Rochejacquelein. Mémoires de madame la marquise de la Rochejacquelein. *Paris, G. Michaud*, 1815, in-8, cartes, demi-rel. v. fauve.

149. Lavollée (René). Portalis, sa vie et ses œuvres. *Paris, Didier*, 1869, in-8, br.

150. Lebon (E.). Joseph Lebon dans sa vie privée et dans sa carrière politique. *Paris*, *Dentu*, 1861, in-8, br.

151. Lefèvre (Jules). Les Martyrs d'Arezzo. *Paris*, *Ambr. Dupont*, 1839, 2 vol. in-8, br.

152. Léger (L.). Étude historique sur la conversion des Slaves au christianisme. *Paris, A. Franck*, 1868, in-8, br.

153. Legrand (Louis). Sénac de Meilhan et l'intendance du Hainaut et du Cambrésis sous Louis XVI. *Valenciennes*, 1868, in-8, br.

154. Legrelle (A.). Holberg, considéré comme imitateur de Molière. *Paris, L. Hachette*, 1864, in-8, br.

155. Legoarant (B.). Orthologie, ou Dictionnaire des difficultés de la langue française. *Paris, Brunot-Labbe*, 1832, 2 vol. in-8, br.

156. Lemaire (Aug.). Recherches historiques sur l'abbaye et le comté de Beaulieu en Argonne. *Bar-le-Duc*, 1873, in-8, broché.

157. Lemoine (Alb.). L'Aliéné devant la philosophie, la morale et la société. *Paris, Didier*, 1862, in-8, br.

158. Lenormant (Ch.). Cours d'histoire ancienne, introduction à l'histoire de l'Asie occidentale. *Paris*, 1838, in-8, cart.

159. Leroy (Onésime). Le Théâtre et les mœurs en France dès la formation de la langue jusqu'à son plus haut développement. *Paris, Hachette*, 1844, in-8, cart. noir.

160. Le Sage. Œuvres choisies. *Paris*, *de l'imprimerie de Leblanc*, 1810, 15 vol. in-8, cart. n. rog., portrait gravé et figures de Marillier.

Le Diable boiteux. — Gil Blas, 2 vol. — Aventures de Beauchène. — Gusman d'Alfarache, 2 vol. — Bachelier de Salamanque. — Roland l'Amoureux, 2 vol. — Histoire d'Estevanille. — Valise trouvée. — Théâtre-Français. — Théâtre de la Foire, 4 vol.

161. Lescœur (L.). Essai sur la Théodicée du P. Thomassin de l'Oratoire. *Paris*, 1852, in-8, demi-rel. chagr. viol.

162. Lessing (A.). Le Goût français en Allemagne, par L. Crousli. *Paris, A. Durand*, 1863, in-8, demi-rel. maroq. brun.

— Même ouvrage, même édition, in-8 br.

163. (E.). Recherches historiques sur le système de Law. *Paris, Guillaumin*, 1854, in-8, demi-rel. maroq. viol.

164. Lezat (Adr.). De la Prédication sous Henri IV. *Paris, Ern. Thorin, s. d.*, in-8, br.

— Même ouvrage, même édition.

165. Loménie (Louis de). La Comtesse de Rochefort et ses amis, études sur les mœurs en France au XVIIIe siècle. *Paris, Michel Lévy fr.*, 1870, in-8, br.

166. Loudun (Eug.). Les Précurseurs de la Révolution. *Paris, Victor Palmé*, 1875, in-8, br.

167. Pensées de Louis XIV, ou Maximes de gouvernement et réflexions sur le métier de roi. *Paris*, 1824, in-8, cart.

168. Loison (J.-T.). L'Assemblée du clergé de France de 1682. *Paris, Didier*, 1870, in-8, br.

169. Lucard (F.). Vie du vénérable J.-B. de la Salle, fondateur de l'institut des Frères des écoles chrétiennes, suivie de l'histoire de cet institut jusqu'à 1734. *Rouen*, 1874, gr. in-8, br.

170. Luquet (Henry). Essai d'analyse et de critique sur le texte inédit du Traité de l'âme de Jean de la Rochelle. *Paris, A. Durand et Pedone-Lauriel*, 1875, in-8, br.

171. Malte-Brun. Précis de la géographie universelle. *Paris, Aimé André*, 1831-37, 12 vol. in-8, demi-rel. v. antiq.

172. Marcou (F.-L.). Étude sur la vie et les œuvres de Pellisson. *Paris, Didier et A. Durand*, 1859, in-8, br.

173. Marie-Caroline-Auguste de Bourbon, duchesse d'Aumale, 1822-1869. *Paris, Techener*, 1870, br. in-8, portrait gravé à l'eau-forte.

174. Marmier (Xavier). Dernières Glanes. *S. l. n. d.*, in-12, br. de 68 pages.

175. Mary Lafon. La Croisade contre les Albigeois, épopée nationale. *Paris, A. Lacroix-Verboekhoven*, 1868, gr. in-8, br., gravures.

176. Mary Lafon. Rome depuis l'établissement du christianisme jusqu'à nos jours. *Paris, Furne*, 1853, in-8, br., fig. gravées.

177. Mastier. Turgot, sa vie et sa doctrine. *Paris, Guillaumin*, 1862, in-8, br.— De la Philosophie de Turgot. *Paris, Guillaumin et Durand*, 1862, in-8, br.

178. Manuel de philosophie, par Henri Matthiæ, traduit de l'allemand par M. H. Paret. *Paris, Ladrange et Joubert*, 1837, in-8, cart.

179. Mazaroz (P.). La Revanche de la France par le travail. — Histoire des corporations françaises d'arts et métiers. *Paris, E. Dentu*, 1874, 2 vol. in-8, br.

180. Melun (le vicomte de). La Marquise de Barol, sa vie et ses œuvres, suivies d'une notice sur Silvio Pellico. *Paris, Poussielgue fr.*, 1869, in-8, br., portrait.

181. Mémoires de l'Académie nationale des sciences, arts et belles-lettres de Caen. *Caen, F. Leblanc-Hardel*, 1873-72-75, 3 vol. in-8, br.

182. Mémoires posthumes, lettres et pièces authentiques touchant la vie et la mort de Charles-François duc de Rivière. *Paris, Ladvocat*, 1829, in-8, br.

183. Ménière (P.). Études médicales sur les poëtes latins. *Paris, Germer-Baillière*, 1858, in-8, br.

184. Mennechet (Ed.). Comédies et Contes en vers. *Paris*, 1842, in-8, br.

185. Menorval (E. de). Les Jésuites de la rue Saint-Antoine; l'église Saint-Paul-Saint-Louis et le lycée Charlemagne, notice historique. *Paris, A. Aubry*, 1872, in-8, br.

186. Meyer (Maurice). Études de critique ancienne et moderne. *Paris, Firmin Didot fr.*, 1850, in-8, demi-rel. mar. vert. — Études sur le théâtre latin, 1847, in-8, demi-rel.

187. Monnier (Alex.). Histoire de l'assistance dans les temps anciens et modernes. *Paris, Guillaumin*, 1856, gr. in-8, br.

188. Monnier (Francis). Le chancelier d'Aguesseau, sa conduite et ses idées politiques. *Paris, Didier*, 1860, in-8, br.

189. Monnier de la Sizeranne. Marie-Antoinette, poëme historique. *Paris, Amyot*, 1861, in-8, br., portr.

190. Monteil (Alexis). La Magistrature française, les lois et les gens de lois. *Paris, s. d.*, pet. in-8, cart. est.

191. Montesquieu (Anatole de). Moïse, poëme. *Paris, Amyot*, 1850, 2 vol. in-8, br.

192. Montesquieu (le comte A. de). Hercule, poëme épique. *Paris, Alph. Lemerre et Thorin*, 1873-74, 4 vol. in-8, br.

193. Mourin (Ern.). La Réforme et la Ligue en Anjou. *Paris, Aug. Durand*, 1856, in-8, br.

194. Moy (Léon). Étude sur les plaidoyers d'Isée. *Paris, Ern. Thorin*, 1876, gr. in-8, br.

195. Noël des Vergers. Essai sur Marc-Aurèle d'après les monuments épigraphiques, précédé d'une notice sur le

comte Bart. Borghesi. *Paris, Firmin Didot fr.*, 1860, gr. in-8, demi-reliure maroq. rouge foncé.

196. Noël et Carpentier. Dictionnaire étymologique, critique, historique, anecdotique et littéraire par M. Fr. Noël et L.-J. Carpentier. *Paris*, 1857, 2 vol. in-8.

197. Noël et Fr. Delaplace. Leçons latines de littérature et de morale, par F. Noël et Fr. Delaplace. *Paris*, 1808, 2 vol. in-8, cart.

198. Nolen (Désiré). La Critique de Kant et la Métaphysique de Leibnitz, histoire et théorie de leurs rapports. *Paris, Germer-Baillière*, 1875, in-8, br.

199. Oraison funèbre de messire Jacques-Bénigne Bossuet, évesque de Meaux, prononcée dans l'église cathédrale de Meaux par le P. Delarue, de la compagnie de Jésus. *A Paris, chez la Vve de Simond Benard*, 1704, in-4, cart.

200. Ollé-Laprune (Léon). La Philosophie de Malebranche. *Paris, Ladrange*, 2 vol. in-8, br.

201. Pallu (Léopold). Histoire de l'expédition de Cochinchine en 1861. *Paris, L. Hachette*, 1864, in-8, br.

202. Pariset (Ern.). Histoire de la soie. *Paris, Aug. Durand*, 1865, 2 vol. in-8, br.

203. Pascal. Pensées, publiées dans leur texte authentique, avec une introduction, des notes et des remarques par Ern. Havet. *Paris, Ch. Delagrave*, 1866, 2 vol. in-8, br.

204. Passenas (P.-D. de). La Russie et l'Esclavage dans leurs rapports avec la civilisation européenne. *Paris, P. Blanchard*, 1822, 2 vol. in-8, br.

205. Passy (Louis). Frochot, préfet de la Seine. *Évreux*, 1867, in-8, demi-rel. maroq. viol. tr. jasp.

206. Pautex (B.). Errata du Dictionnaire de l'Académie française. *Paris*, 1862, in-8, br.

Lettre et envoi autographe signé de l'auteur à M. Patin.

207. Perrard (J.). Précis de l'histoire moderne. *Paris, Brunot-Labbe*, 1833, in-8, br.

208. Perrot (Georges). Essai sur le droit public d'Athènes. *Paris, Ern. Thorin*, 1867, in-8, br.

209. Petit de Julleville (L.). Histoire de la Grèce sous la domination romaine. *Paris, Ern. Thorin*, 1875, in-8, br.

210. Pline le Jeune, esquisse littéraire du siècle de Trajan, traduit du hollandais par M. Wallez. *Paris, A. Renouard*, 1825, in-8, cart.

211. Pommier (Am.). Océanides et fantaisies. *Paris, Dolin*, 1839, in-8, cart.

212. Poésies d'une femme. *Paris, Charles Gosselin*, 1830, in-8, cart.

213. Poirson et Cayx. Précis de l'histoire ancienne. *Paris, L. Colas*, 1831, in-8, cart. — Précis de l'histoire de France pendant les temps modernes. *Paris, L. Colas*, 1840, in-8, cart.

214. Poujoulat. Vie du frère Philippe, supérieur général de l'institut des Frères des écoles chrétiennes. *Tours*, 1875, in-8, br. portrait.

215. Poujoulat. Lettres sur Bossuet à un homme d'État. *Paris, Aug. Vaston*, 1854, in-8, br.

216. Poujoulat. Le Père de Ravignan, sa vie, ses œuvres. *Paris, Ch. Douniol*, 1859, in-8, br. portrait.

217. Pozzy (B.). La Terre et le récit biblique de la création, ouvrage illustré de 150 figures sur bois. *Paris, L. Hachette*, 1874, in-8, br.

218. Précis analytique des travaux de l'Académie des sciences, belles-lettres et arts de Rouen depuis sa fondation en 1744. *Paris*, 1814-1825, 15 vol. in-8, cart.

219. Progrès des études classiques et du moyen âge, philologie celtique, numismatique. *Paris, Imprimerie impériale*, 1868, in-4, br.

220. Quicherat (L.). Traité de versification française. *Paris, L. Hachette*, 1850, in-8, br.

221. Les Œuvres de maistre François Rabelais, accompagnées d'une notice sur sa vie et ses ouvrages, de variantes, d'un commentaire, d'une table des noms propres et d'un glossaire, par Ch. Marty-Laveaux. *Paris, Alph. Lemerre*, 1869-73, 3 vol. in-8, br. couv. en vél. bl.

Le tome premier en deux parties.

222. Rambaud (Alfr.). L'Empire grec au xe siècle. *Paris, A. Franck*, 1870, gr. in-8, br.

223. Ranville. Journal d'un ministre, œuvre posthume du comte de Guernon-Ranville, publiée par Julien Travers. *Caen*, 1873, in-8, br.

224. Reinaud. Relations politiques et commerciales de l'empire romain avec l'Asie orientale. *Paris, Impr. impériale*, 1863, in-8, br. cartes.

225. Renan (Ern.). Averroès et l'averroïsme, essai historique. *Paris, Aug. Durand*, 1862, in-8, demi-rel. chagr. vert.

226. Riant (P.). Expéditions et Pèlerinages des Scandinaves en Terre Sainte au temps des croisades. *Paris*, 1865, in-8, broché.

227. Ribot (Th.). L'Hérédité, étude psychologique. *Paris, Ladrange*, 1873, in-8, br.

228. Richemont (de). Siége de la citadelle d'Anvers, par l'armée française. *Paris*, 1833, in-8, br. (plan).

229. Rio. Essai sur l'histoire de l'esprit humain dans l'antiquité. *Paris, L. Hachette*, 1820, in-8, br. (tome premier).

230. Robert (Charles). Les Légions du Rbin et les Inscriptions. *Paris, A Franck*, 1867, br. in-4.

231. Rodière (A.). Les Grands Jurisconsultes. *Toulouse, Ed. Privat*, 1874, in-8, br.

232. Le Roman du Renart, supplément, variantes et corrections, publié par P. Chabaille. *Paris, Silvestre*, 1835, in-8, broché.

233. Rousselot. Les Mystiques espagnols, Malon de Chaide, Jean d'Avila, Louis de Grenade, Louis de Léon, sainte Thérèse, saint Jean de la Croix et leur groupe. *Paris, Didier*, 1867, in-8, br.

234. Roux (Léon). Le Droit en matière de sépulture, précédé d'une étude sur le matérialisme contemporain et les funérailles dans l'antiquité et chez les peuples modernes. *Paris, J. Lecoffre*, 1875, in-8, br. neuf n. c.

235. Saint-Albin-Berville. Fragments oratoires et littéraires. *Paris, Joubert*, 1845, in-8, demi-rel. maroq. vert.

236. Saint-Marc-Girardin. Tableau de la littérature française au XVIe siècle. *Paris, Didier*, 1762, in-8, demi-rel. chagr. vert.

237. Saint-Simon. De la Réorganisation de la société européenne, par M. le comte de Saint-Simon et par A. Thierry, son élève. *Paris*, 1814, in-8, demi-rel. maroq. vert.

238. Salmon (C.-A.). Conférences sur les devoirs des hommes. *Paris, L. Hachette*, 1869, in-8, br.

239. Sapey (C.-A.). Essai sur la vie et les ouvrages de Guillaume du Vair. *Paris, Joubert*, 1847, in-8, demi-rel. mar. vert.

240. Sapey (C.-A.). Études biographiques pour servir à l'histoire de l'ancienne magistrature française. *Paris, Amyot*, 1858, in-8, demi-rel. maroq. br.

241. Sauvage. Proverbes dramatiques. *Paris*, 1828, in-8, broché.

242. Shakspeare. Œuvres complètes de Shakspeare, traduites de l'anglais par Letourneur, nouvelle édition publiée par J. Guizot. *Paris, Ladvocat,* 1821, 13 vol. in-8, cart. portrait.

243. Shakespeare. Chefs-d'œuvre de Shakespeare, la traduction française en regard précédée d'un nouvel essai sur Shakespeare, par M. Villemain. *Paris, Belin-Mandar,* 1839, in-8, cart.

244. Shakespeare. Chefs-d'œuvre de Shakespeare : Richard III, Roméo et Juliette et le Marchand de Venise (la traduction française en regard), par MM. Ph. Charles, Lebas et Mennechet. *Paris, Hermann, s. d.*, 2 vol. in-8, br.

245. Simon (Jules). Études sur la théodicée de Platon et d'Aristote. *Paris, Joubert,* 1840, in-8, cart.

246. Sirtema de Grovestins. Guillaume III et Louis XIV. — Histoire des luttes et rivalités politiques entre les puissances maritimes et la France. *Paris, L. Toinon,* 1868, 8 vol. in-8, br.

247. Soleinne (de). Bibliothèque dramatique de M. de Soleinne, catalogue rédigé par Paul Lacroix. *Paris,* 1843-44, 5 vol. in-8, br. avec brochures de supplément.

248. Stapper. Notice sur Gœthe. *S. l. n. d.*, in-8, cart.

249. Stern (Daniel). Histoire des commencements de la République aux Pays-Bas, 1581-1585. *Paris, Mich. Lévy fr.*, 1872, in-8, demi-rel. maroq. fauve.

250. Tamizey de Larroque. Vies des poëtes bordelais et périgourdins, par Guillaume Colletet, publiées par Philippe Tamizey de Larroque. *Paris et Bordeaux,* 1873, br. in-8, de 104 pages.

251. Tarbé. La Vie et les Œuvres de J.-Bapt. Pigalle, sculpteur, par P. Tarbé. *Paris, J. Renouard,* 1859, gr. in-8, broché.

252. Théry (A.). Histoire des opinions littéraires chez les anciens et chez les modernes. *Paris, Dezobry, s. d.*, 2 vol. in-8, br.

253. Thibault (J.-B.). Nemesius, de la Nature de l'homme. *Paris, Hachette,* 1844, in-8, demi-rel. v. vert.

254. Thomas (Alex.). Une Province sous Louis XIV, situation politique et administrative de 1661 à 1715. *Paris,* 1844, in-8, demi-rel. maroq. viol.

255. Tivier (H.). Histoire de la littérature dramatique en France depuis ses origines jusqu'au Cid. *Paris, Ern. Tho-*

rin, 1873, in-8, br. — Étude sur le Mystère du siége d'Orléans et sur Jacques Millet. *Paris, Ern. Thorin*, 1868, in-8, br.

256. Travers (Julien). Essai sur la vie et les œuvres de Jean Vauquelin de la Fresnaie. *Caen*, 1872, br. in-8 de 89 pages.

257. Tretaigne (Léon-Michel de). Montmartre et Clignancourt, études historiques. *Paris, Benjamin Duprat*, 1862, in-8, demi-rel. maroq. fauve.

258. Le Troubadour moderne, ou Poésies populaires de nos provinces méridionales, traduites en français par M. Cabrié. *Paris, Amyot*, 1844, in-8, br.

259. Valery. Études morales, politiques et littéraires, ou Recherche des vérités par les faits. *Paris, Ladvocat*, 1824, in-8, demi-rel. maroq. vert.

260. Valery. La Science de la vie, ou Principes de conduite religieuse, morale et politique. *Paris, Amyot*, 1842, in-8, demi-rel. v. fauve.

261. Vatout (J.). Galerie des portraits, tableaux et bustes du château d'Eu, notices historiques par M. J. Vatout. *Paris*, 1836, 5 vol. in-8, br.

262. Vertot (René-Aubert de). Histoire des révolutions de Portugal. *Paris, A. Renouard*, 1795, in-8, cart.

263. Vidaillon (de). Histoire des conseils du roi depuis l'origine de la monarchie jusqu'à nos jours. *Paris, Amyot*, 1856, 2 vol. in-8, br.

264. Vidalin (Aug.). Édouard III et le Régent, ou Essai sur les mœurs du XIVe siècle. *Paris*, 1843, gr. in-8, br.

265. Viennet. Histoire de la puissance pontificale depuis saint Pierre jusqu'à Innocent III. *Paris, E. Dentu*, 1866, 2 vol. in-8, br.

266. Villeneuve-Trans (marquis de). Histoire de saint Louis, roi de France. *Paris, Paulin*, 1839. 3 vol. in-8, br.

267. Vincelot (l'abbé). Les Noms des oiseaux expliqués par leurs mœurs, ou Essais étymologiques sur l'ornithologie. *Paris et Angers*, 1872, 2 vol. in-8, br. figures noires.

268. Vitu (Auguste). Notice sur François Villon. *Paris, Jouaust*, 1868, br. in-8, de 56 pages.

269. Voltaire. La Henriade, avec un commentaire classique, par M. Fontanier. *Paris*, 1823, in-8, br. figure.

270. Waddington-Kastus (C.). De la Psychologie d'Aristote. *Paris, Joubert*, 1848, in-8, br.

271. Walckenaer (A.-C.). Vies de plusieurs personnages célèbres des temps anciens et modernes. *Laon,* 1830, 2 vol. in-8, br.

272. Walsh (le vicomte de). Relation du voyage de S. A. R. Madame la duchesse de Berry en 1828. *Paris, L. Hivert,* 1829, in-8, br.

273. Wolf. Kleine Schriften in lateinischer und deutscher Sprache. *Halle,* 1869, 2 vol. in-8, br.

274. Yriarte (Ch.). La Vie d'un patricien de Venise au seizième siècle. *Paris, E. Plon,* 1874, gr. in-8, br.

FIN.

CONDITIONS DE LA VENTE.

La vente se fait au comptant.

Les acquéreurs payeront 5 0/0 en sus des enchères, applicables aux frais.

Les réclamations devront être faites dans les vingt-quatre heures de l'adjudication. Passé ce délai, ou une fois sortis de la salle de vente, les ouvrages adjugés ne seront repris pour aucune cause.

Il y aura, *le jour de la vente, de deux à quatre heures, exposition des livres composant la vacation du soir.*

Le libraire chargé de la vente remplira les commissions des personnes qui ne pourraient y assister.

Paris. — Typographie Georges Chamerot, rue des Saints-Pères.

www.ingramcontent.com/pod-product-compliance
Ingram Content Group UK Ltd.
Pitfield, Milton Keynes, MK11 3LW, UK
UKHW020532180726
13839UKWH00005B/2468

9 782329 367583